KB273673

부부의 수학 공식

부부의
수학 공식

장성자 시집

책만드는집

2025년 11월 9일 새벽 0시 2분. 우송 이기준 전 서울대학교 총장, 그는 이 세상과의 소통의 문을 닫았다. 2018년 발견한 폐 섬유화 현상으로 복용하던 약이 너무 식욕을 감퇴시켜 키 175cm에 체중 50kg이 되자 약 복용을 일시적으로 멈추고 잠시 재활병원에 입원키로 했다. 20여 일이 지나자 체중이 4kg 늘고 지팡이 없이 걸을 수 있어 다행이라고 느꼈다. 그러나 호흡기는 급속도로 악화되고 9월 27일 쓰러지면서 응급으로 서울대병원으로 옮겨 갔다. 서울대 총장 시절 과로와 스트레스로 나빠져 스텐트를 넣은 심장과 호흡기가 서로에게 악영향을 미치며 건강은 악화일로를 달렸다.

집에 쌓아놓은 그의 자료들을 치우면서 서울대학교를 세계적인 일류 대학으로 발전시키기 위한 노력의 흔적들을 보았다. 기술 발전을 통해 자원 없는 한국을 어떻게 선진화하고 잘살게 할 것인가 고민하던, 손때 묻은 자료들 속에서 그의 숨소리가 들리는 듯했다.

이 시집은 오롯이 그에게 바치는 내 마음의 선물이다. 시를 써놓고 네다섯 편 정도를 모아 그에게 읽어주고 평을 듣곤 했는데 병석에 눕고부터 읽어주지 못한 시들이 1부에 몰려 있다.

다정한 말을 잘하는 사람은 아니지만 59년을 함께 살아오며 주고받던 눈으로의 대화, 은퇴 후 함께 떠났던 해외여행 길, 특히 이집트와 아프리카 사파리 여행에서 느낀 남다른 공감…….

그와 함께한 모든 시간이 아름다운 시였고 영화였고 하느님이 특별히 허락해 주신 축복의 시간이었다.

2026년 새해를 열며
윤당 장성자

| 차례 |

4 • 시인의말

1부 그는

13 • 그는 2
14 • 민낯의 고백
15 • 식탁 앞의 수도사
16 • 식탁 앞의 외로움
17 • 마지막 배려
18 • 눈물
19 • 충청도 남편 1
20 • 울보
21 • 영정 앞에서
22 • 메밀껍질 베개
23 • 끝나지 않은 이별
24 • 이별의 그림자
25 • 마음 읽기
26 • 사라져 버린 일상
27 • 멍
28 • 사랑 5
29 • 내 마음이 없어
30 • 보내는 마음
31 • 나비 한 마리
32 • 하느님의 목소리
33 • 떠나간 자리
34 • 부부의 수학 공식

2부 ｜ 계단 위에서

37 • 계단 위에서

38 • 동백꽃

39 • 봄이 그리워

40 • 봄꽃의 사랑

41 • 노란색 봄날

42 • 벚꽃

43 • 봄의 면사포

44 • 사월의 밤

45 • 봄비의 손길

46 • 샘 많은 봄비

47 • 라일락의 봄날

48 • 아카시아 향기

49 • '봄'이라는 이름

50 • 오월 일기예보

51 • 오월의 나무들

52 • 노란 수선화

53 • 이팝나무의 눈물

54 • 달팽이

55 • 소녀와 수국

56 • 봄과 여름 사이

57 • 안개꽃

58 • 안개비

3부   공감이 만드는 관계

61 • 손자라는 존재

62 • 손녀의 마음

63 • 사랑의 불빛

64 • 맨드라미

65 • 빗소리 2

66 • 어떤 서글픔

67 • 나무들의 마음

68 • 삼합

69 • 상처

70 • 가을 잎의 독백

71 • 별 하나 거기

72 • 아보카도

73 • 가을장마

74 • 친구에게 보내는 편지

75 • 다시 찾은 너의 집

76 • 그때 알았더라면

77 • 공감이 만드는 관계

78 • 닮은꼴

79 • 언제 한번

80 • 잘못된 만남

81 • 인사

82 • 재활병원의 풍경

4부   진면목

85 · 철없는 벚꽃
86 · 오빠라는 호칭
87 · 디지털 세상의 어르신
88 · 세 여인의 대화
89 · 오동나무
90 · 바오바브나무
91 · 유월
92 · 시간의 마음
93 · 시월에는
94 · 억새꽃
95 · 예쁜 쓰레기
96 · 오래된 연인들
97 · 작은 별에게
98 · 진면목
99 · 진실의 거울
100 · 늦은 깨달음
101 · 하늘과 나무 사이
102 · 흰개미들의 집
103 · 효도의 대상
104 · 탄식의 다리
105 · 트롤의 혀 끝
106 · 여전히

1부

그는

그는 2

사방에서 불어오는 바람과
세상의 쓸데없는 잡음을 막아주던
울타리 같았던 사람

몸을 가누기 힘든 고단함과
가슴 쓰린 일이 일을 때
든든하게 등을 받쳐주던
기둥 같았던 사람

날이 선 앙칼진 소리로
감정의 화산을 터뜨릴 때에도
때로는 따뜻하게, 때로는 서늘하게
마음 편히 쉴 곳을 내어주던

그는
나에게 햇빛 같았고
또 달빛 같았습니다

민낯의 고백

독립적이고 강인하다고 나를 다독이며
책에서 얻은 지식과 사회 경험으로
내 이론과 설을 펼치곤 했지요
당신에게는 결코 지기 싫어서

당신이 이 집을 비운 이후
허허로운 공기만 차 있을 뿐
"여보~" 불러도 대답 없고
"여보~"라고 불러주는 사람도 없어요

당신의 온기와 목소리가 없는 이 집은
스위트 홈이 아닌 시멘트 공간일 뿐
삶의 목표를 잃은 바보 하나가 지키고 있지요
곁에 있을 때는 모르다가
빈자리의 당신을 사무치게 그리워하는…

식탁 앞의 수도사

천천히 걸어와 식탁 앞에 앉으면
소량의 음식을 오래오래 씹으며
'이걸 먹어야 에너지를 얻어
오늘 계획한 일을 처리하고…'
개념적으로 식사를 한다

그는 "배고파~ 빨리 밥 줘~"
식욕을 내지른 적도 없고
배가 고프다고, 맛이 끝내준다고
음식을 대강 씹다가
꿀걱 삼키는 일도 없다

감사와 절제를 담은 그릇이 놓인
식탁 앞에서는 언제나
수도사처럼 기도하듯이…

식탁 앞의 외로움

나 스스로 설레면서
조촐하게 준비하는
두 사람을 위한 식사

나름대로 균형 있는 영양식을 준비하고
와인 한 잔으로 시작하는
우리만의 대화를 주고받는 시간…

소박한 풍경은 머릿속에만 있을 뿐
벽을 쳐다보며
의무처럼 치르는 혼자만의 식사

모래알을 씹는 것 같다는 표현을
이렇게 실감하게 될 줄이야
그는 병실 침대 위에서
나는 외로운 식탁 앞에서

마지막 배려

아버지가 쓰러져 병원에 누워 계신 지 열흘째
병원에서 어머니와 마주했을 때
애틋하지만 담담하게 속 깊은 정을 나누고
천천히 손 놓아주던 마지막 인사…
오랜 세월 사랑으로 타올랐던 뜨거운 불꽃이
저렇게 조용히 꺼져갈 수 있을까요?

이제 조금 알 것 같아요
영원한 이별 앞의 심정을…

두 개의 세상으로 헤어져야 할 존재가 되었을 때
너무 그리움에 목메지 않게
너무 아파하지 않도록
서로를 아껴주는 마지막 배려는
서서히 마음의 문을 닫아주는 것이었음을

눈물

가슴이 뻐근해지도록 차오르면
목으로 올라와 메우고 있다가
누군가 위로의 말 한마디 건네면
눈으로 왈칵 쏟아져 내리는
눈물…
눈에서 만들어지는 게 아니었구나

충청도 남편 1

무의식중에 얼굴에 드러나는 감정을
타고난 무심함 뒤로 감추는 건가
절제력으로 경박함을 지우는 건가

박장대소하며 웃기보다
빙그레 웃으며 고개 끄덕일 뿐
소리 내어 통곡하기보다
슬픔을 가슴에 깊이 묻을 뿐

달콤한 사랑 표현과 거리가 먼
점잖은 성품에 유유자적함이
조선시대 선비와 사는 것 같아 재미없더니

자신보다 힘든 이 먼저 생각해 주고
금전보다 명예를 우선시하는 학자 정신
마음의 중심을 지키는 뿌리 깊은 나무 같은…

인간의 품성을 읽는 시간이 좀 쌓이니
눈이 뜨이는가? 이제 조금 보이네

울보

바보라서 우는 게 아닙니다
울보는 마음 한구석
쓰린 상처를 품고 있는 사람

사람들이 알게 모르게
숨겨진 상처에 불씨를 던지고
찰랑대는 눈물샘을 터뜨릴 때
슬픔의 댐이 무너져 내리는 걸
울음으로 막으려 애쓰는 겁니다

무심한 초겨울의 바람이
그대와의 추억을 깨우며 스쳐 갈 때
나는 다시 울보가 되어버립니다

영정 앞에서

조용히 향을 피우거나
흰 국화 한 송이 제단에 올리고
공손히 절 두 번 드린다

영정 사진과 눈을 맞추며 속삭이듯
"친구야, 그리 급히 갈 이유가 있니?"
"과학기술계 기둥 하나가 사라졌구려"
"교수님의 정신, 저희들이 이어가겠습니다"

연신 뒤돌아볼 때 피어오르는 추억의 조각들
아끼고 사랑하고 존경하던 이들의
준비되지 않은 이별 앞에
아쉬운 마음은 눈물로 흘러내리고…

메밀껍질 베개

'머리는 시원하게, 발은 따뜻하게'
잠을 잘 자려면 갖춰야 할 기본 조건이라고
내게 일러주었었지요

병원에서 주는 베개가 뜨거워서 가져간
메밀껍질로 속을 채우고
고운 리넨으로 겉을 감싼 당신의 베개,
마지막 숨을 거두는 그 순간까지
당신 머리를 받쳐주었던

오늘 밤 이 베개를 베고 자면
꿈속에서 당신을 만날 수 있을까요?

끝나지 않은 이별

목이 메어
눈물을 부르는
이별의 인사 안녕히~

당신이 떠난 휑한 공간에
아직도 당신 목소리가
당신 체온이 감도는 듯한데
산 중턱에 혼자 남겨둔 당신이 애처로워
따뜻한 이불 덮는 게 죄스러운 초겨울 밤

그리움이 두텁게 쌓이면
나도 어느 날 나비가 되어
당신을 찾아가는 날이 오겠지요
지금의 이별이 끝이 아닐 테니까…

이별의 그림자

넌 아주 먼 길을 떠난 듯하지만
허전함이 맴돌 뿐
네 향기는 아직도 피어오르는데

덧없는 세월을 품은 고목나무도
해가 지고 달이 지면
자신의 그림자를 잃고 당황하겠지만
나는 그 어둠 속에서
눈 뜬 사랑을 네게 전하려 하네

생각의 문이 닫히는 날
망각의 세계로 침전할 때 비로소
영원한 이별의 그림자가 드리워질 테니

마음 읽기

버스에서 내릴 때
정류장 의자에 앉아 있던 한 할머니
시장 보고 돌아왔을 때도
계속 버스를 떠나보내며
쓸쓸히 하늘 보며 앉아 있었네

그를 떠나보내고
바람에 밀려다니는 낙엽처럼
존재의 의미를 잃은 마음에
나도 버스 정류장 의자에 앉아
울음을 깨물며 하늘만 바라보네

오늘에서야 읽을 수 있었네
맥없이 앉아 있던 할머니의 속마음을

사라져 버린 일상

"여보 나 왔어~"
저녁이면 현관에서 들러오던 목소리
간단한 설명으로 식탁 위 와인을 소개하고
나의 잔에 먼저 와인을 따라주던 사람
TV를 보는지 졸고 있는지
언제나 소파 위에 길게 누워 있던 사람

TV도 냉장고 안의 와인도
조용히 그의 손길을 기다리는데
따뜻한 눈빛, 부드러운 목소리는 어디에…
영원히 지속될 것 같았던
하지만 갑자기 사라져 버린 일상에
내 영혼은 길을 잃고 비틀거리는데

멍

흐름 속에
흐름을 멈춰버린
시간의 한 조각

떠나보내고 싶은
감정의 심연 속에
발버둥 치며 저항하는
피맺힌 아픔의 그림자

뒷모습만 남기고 떠나간
눈물 어린 마지막 미소
그 미소 위에 번져가는 그리움

사랑 5

사랑이 뭐 별건가
별것 아닌 내 말을 믿어주고
굴곡 없는 눈빛으로 들어주며
마음의 길이 맞닿으면 사랑이지

복잡하게 돌아가는 세상살이
내가 당했던 억울함에 주먹 쥐고
내가 이겨낸 통쾌함에
고개 끄덕이고 박수 쳐주는 내 편이
사랑하는 사람이지

행복한 순간은 나눌 사람 많을지라도
누구도 함께 나눌 수 없는 어려운 일에
발 담그고 내 몫을 덜어주는 사람
… 그게 사랑 아닐까?
이 넓은 세상에 단 하나밖에 없는

내 마음이 없어

내 마음에는
내 마음이 없어
텅 빈 마음에 가을비가 내리네

계절이 바뀌어도 삭을 줄 모르는
그리움이 이끄는 대로
단풍잎 이슬에 맺혀
제 고향 찾아가는 철새들을 바라보네

오늘 밤에는
어느 별을 찾아 나설까
그리움 따라 헤매는 내 마음에는
내 마음이 머물지 못하네

보내는 마음

뒤돌아보지 않고
떠나는 계절의 뒷모습엔
스산한 바람이 그림자처럼 따라가더라

떠나야 할 계절은 선선히 보내주자
시간 따라 바람 따라
해맑게 다시 돌아올 테니…

약속 없이 떠나가는 널 보내고 나면
나는 사막에 부는 황량한 바람이 되어
휘이휘 소리 내어 울 것만 같아

푸념 한마디 없이 이 마음 곱게 싸서
너의 등짐에 넣어 보내련다
홀로 떠나가는 너 외롭지 않게…

나비 한 마리

그가 떠닌 지 닷새째 되던 날, 장례의 마지막 절차로 가까운 가족들, 제자 두 분과 함께 아산 탕정면 가족묘를 찾았다. 겨울의 문턱, 십일월 중순인데 날씨는 화창하고 따뜻해서 야외 행사하기에 알맞은 날이었다. 대부분의 가족들은 고인에게 소주나 정종을 올리지만 나는 그가 좋아하던 와인 중 호주 와인 한 병과 와인 잔을 준비해 가서 그에게 와인을 올리며 인사를 드리게 하였다. 아들들과 조카들, 제자들이 인사를 올린 후 마지막으로 나의 차례가 되어 시 한 편을 읽기로 했다. 그가 병석에 있을 때 썼지만 읽어줄 기회가 없었던 「부부의 수학 공식」이라는 시였다.

내가 시를 읽으려 할 때 어디에선가 엷은 갈색 나비 한 마리가 나타났다. 시를 읽는 동안 나비는 묘 앞에 놓여 있던 생화 바구니의 꽃 위에 앉아 꿀을 빠는지 움직이지 않고 있더니 시 낭송이 끝나자마자 때를 맞춰 어디론가 멀리멀리 날아가 버렸다.

하느님의 목소리

작은 공원 산봇길
한 바퀴 돌고 나면
교회의 로비 한구석에
조용히 자리를 잡는다

사람들의 말소리 듣고 싶어서
사람들의 생기 넘치는 표정 보고 싶어서

그리고
천천히 회복할 것 같던 그 사람
왜 그리 빨리 데려가셨는지
하느님의 목소리가 들려올 것 같아서

떠나간 자리

한 사람이 떠나간 자리
무슨 흔적이 남아 있으려나
그가 머물다 간 한 모퉁이에
허전함이 맴돌고 있을 뿐

바람이 들락거릴 때면
쓰라리기도 하지만
비움이 가져다준 무심함이
편안함이라고 애써 위로했는데

우주의 한 부분이 텅 비어 있음을
새벽하늘 바라보며 깨달았네

부부의 수학 공식

1 + 1 = 2로 인식하며 살다가
1 + 1 = 1이 되는 세상으로 궤도를 바꾼 후
웃고 울고 사랑하고 다투기도 하며
사랑의 결실을 키워내느라
함께 엮어온 수십 년의 긴 세월

이 세상 소풍길을 함께 걸어온
정다운 인연에 감사함을 나눌 즈음
1 - 1 = 1이 되는 낯선 날을 맞으면
영화 같았던 지난날을 그리워하며
1 - 1 = 0이 되는 날을 향해 외롭게 걸어가리

2부

계단 위에서

계단 위에서

가는 한숨부터 새어 나온다
오 층 건물에
엘리베이터가 없다니

짜증스러운 발걸음 떼며
열두 번째 계단을 올라 뒤돌아보니
휠체어를 탄 젊은이가
계단을 말없이 올려다보고 있다

동백꽃

겨울의 끝자락이
봄의 미소에 녹아내리는 날
화사하게 핀 동백꽃과 눈이 맞았다
'날 보러 오신 거예요?'
대답할 말을 찾고 있을 때
'누군가의 얼굴이 떠올랐군요'
노란 꽃술이 파르르 떤다

나와 마주한 동백꽃
마음을 꿰뚫는다

봄이 그리워

무심히 고개 돌려보면
어느새 곁에서 눈웃음치고 있던
싱그러운 봄, 올해는 왜 이리 더딜까?

아스라이 전해오는 계절의 눈짓에
가슴 두근거리며 손 뻗어보지만
봄은 마음속에서만 피어나고 있을 뿐

남쪽 하늘 향해서 소리쳐 볼까?
침울한 겨울 뒤에 다소곳하니 서 있는
화사한 빛을 부르는 봄이 그립다고

눈 감으면 선명하게 떠오르는
아몬드나무에 하얗게 꽃 피운
반 고흐의 그 봄이…

봄꽃의 사랑

로미오와 줄리엣의

애끓는 사랑도

탱고를 추며 눈빛으로 주고받는

두 연인의 열정도

여린 봄꽃의 사랑을 어찌 이길 수 있을까

오직 봄에 대한 그리움으로

삼한사한三寒四寒을 이겨내고 꽃망울 터뜨리는…

노란색 봄날

묵직한 겨울 공기 밀어내며
봄바람 타고 달려와

급한 마음에
병아리 부리를 닮은 꽃잎부터 피우는
초봄의 개나리 곁에서

십 대 소녀들이 주고받는 웃음이
봄 향기 솔~솔 풍기며
뽀얀 하늘로 날아오르는 노란색 봄날

벚꽃

네가 오면
세상이 밝아진다
활짝 핀 벚꽃 그늘 아래에 서면
사람들은 철없이 깔깔 웃어댄다

바람을 따라 날리는 벚꽃이
머릿속에 쌓인 세상 걱정과
가슴을 메운 감정의 쓰레기를
멀리 데리고 가버리는 걸까

머릿속이 하얗게 비고
마음은 나비처럼 가벼워져
행복한 미소가 바람에 실려 올라간다
벚꽃이 봄이다

봄의 면사포

봄의 신부들이 웃음을 터뜨린다
오래전 결혼식장에서 수줍어 감춰두었던
행복한 웃음을

바람과 벚꽃이 씌워주는
꿈결 같은 흰 면사포…
신랑과 축하객들이 옆에 없어도
이 순간, 잠시 황홀하여라

사월의 밤

떠나가는 벚꽃이 너무 아쉬워
벚나무 아래에서 서성거릴 때
팔랑팔랑 꽃잎 하나
사뿐히 어깨에 내려앉더니
'해마다 짧아지는 봄이라는 계절,
어떻게 할 수 없겠느냐'고

가벼운 꽃잎이 던지는 묵직한 숙제
… 쉽게 잠들 수 없는 사월의 밤

봄비의 손길

사이좋게 모여 있는 벚꽃나무들
운 좋게 양지쪽에 자리한
꽃봉오리가 살며시 피어나고 있을 때
한쪽 구석 잠에서 깨지 못한 꽃봉오리를
봄비가 쓰다듬어 주네
왼쪽 뺨도, 오른쪽 뺨도 가만가만히

아침잠에 빠져 있던 내 뺨을 어루만지며
학교 갈 준비 하자던 엄마
그 다정한 손길, 봄비 속에 그리워지네

샘 많은 봄비

화사하게 웃는 사람들 시선이
꽃에 오래 머무는 게 샘이 난 걸까
벚꽃이 날리는 사월의 주말에도
이팝나무꽃이 핀 오월의 주말에도
어김없이 시샘의 비가 내린다

얼마 전
꽃봉오리 어루만져 주며
겨울잠에서 깨어나 세상을 밝히라더니
벌써 잊었나?

라일락의 봄날

연보랏빛 향기에 이끌려 나와
마주 서게 된 라일락나무

작은 꽃들이 뭉쳐 이룬
풍성한 꽃송이를 보면
반달눈을 한 철없는 딸들의
높은 웃음소리가 들려오는 듯

향기에 취해 잠시 눈을 감으면
라일락나무 아래에서
윤동주의 시를 읽고 있는
한 사람이 보인다

아련해진 기억 속에서
꿈과 현실을 오가는 나른한 행복감에
시간을 멈추고픈 봄날의 한가운데

아카시아 향기
－한국여성정책연구원을 향한 출근길을 생각하며

자하문으로 향하는 언덕길
달콤한 아카시아 향기가
상쾌한 아침 인사를 건네주더니…

차 창문 열어 향기 가득 채우고
라디오에서 나오는 노래까지 곁들여
가벼운 마음으로 달려가던 출근길

저녁 해가 누울 자리 찾을 즈음
처진 어깨에 눈의 정기가 풀린 채
집안일 걱정하며 차에 시동 걸면

온종일 차 안에 머무르던
향기는 은은하게 나를 감싸주며
귀갓길의 친구가 되어주더니…

아카시아 향기가 불러오는 아련함 속에
잊었던 동료들을 향한 그리움이 되살아나네

'봄'이라는 이름

뽀얀 안개 속에 꽃이 피어나듯이
네 얼굴이 피어나지만
그냥 보기만 하고 있지

굳게 닫힌 마음 열어본다고
노래로 웃음으로 달래보지만
네 앙칼진 침묵은 깨어지지 않아

말을 걸지도, 손조차 내밀지 못하고
오로지 보기만 하다가
쓸쓸히 돌려보내야 하는…

그래서
보기만 하라고 이름도
'봄'이겠지

오월 일기예보

5월 0일
얇은 모직 재킷 한 벌은 챙기십시오
봄이지만 겨울의 뒤끝이 가끔 살아납니다

5월 00일
면으로 된 긴 셔츠를 입으면 딱! 좋습니다
봄날다운 봄날입니다

5월 00일
리넨 소재 반팔 셔츠를 입으셔야 되겠습니다
낮엔 한여름처럼 섭씨 30도 이상 올라갈 테니까요

오월의 나무들

수년간의 정기를 품은 소나무는
묵직한 녹색으로 대지의 중심을 잡고
여린 잎새들 사이로
흰색 화관을 쓴 아카시아가
존재감을 드러낼 때

청량한 나무 향으로 숲을 감싸안으며
녹색의 스펙트럼을 펼쳐 보이는
오월의 나무들이
민트티처럼 상큼한 맛을 풍긴다
사회에 첫발을 내딛는 푸르른 청년처럼…

노란 수선화

졸음이 속눈썹에 매달리는
나른한 봄날
퍼뜩 정신을 차리게 하는
회초리 같은 노란색

살짝 고개 떨군 모습은
물에 비친 자신의 모습을 사랑하던
미소년 얘기로 신화에 남아 있지만

조용히 생각에 잠긴 듯한 모습에는
인간의 정도를 찾아
묵상하고 있는
반가사유상의 엷은 미소가 떠도는 듯

이팝나무의 눈물

보릿고개를 넘기는
엄마의 말라붙은 젖을 문 채
스러져 간 젖먹이들
굶주림의 나날을 떠나간 어린애들

부잣집 밥상 위에 놓인 흰 쌀밥
죽어서라도 가까이서 보라고
한 맺힌 아비들이
아이들 무덤가에 심었다는 이팝나무

아가들의 슬픔을 아직도 기억하는 듯
여린 봄바람에도
하얀 꽃들을 눈물처럼 떨구네

달팽이

따스한 봄 햇살 응원을 받으며
온몸에 힘을 주어
앞으로 밀고 나아간다

부모님이 물려주신
든든한 집 한 채 있으니
풀잎에 맺힌 이슬만 먹어도
배고픈 줄 모르지만

'나선 김에 먼 길 떠나가 보련다
프랑스의 그 유명한 음식 에스카르고*
한번 맛보고 싶어서'

* escargot. 식용 달팽이로 만든 프랑스 요리.

소녀와 수국

55

수국 꽃나무 앞에 선 한 소녀가
분홍색 하늘색 연보라색 꽃들이
소담스럽게 피어 있는 모습 바라보다가
꽃송이 하나하나 쓰다듬어 준다

소녀는 수국의 마음을 읽었을 거야
한 애만 쓰다듬어 주면
샘 많은 어린 동생 울음 터뜨릴까 봐
삐치기 전에 꽃송이들 모두 쓰다듬는 걸 보면

봄과 여름 사이

마음이 성급한 여름은
문 앞에서 서성거리는데
머무는 시간이 아쉬운 봄날은
꽃밭에서 일어날 줄을 모른다

아침마다 출근하는 앞집 아가씨
어제는 반소매 리넨 셔츠를
오늘은 긴소매 실크 블라우스를…

봄과 여름 사이에서
갈피를 못 잡는 건
자리싸움 벌이는 계절과
거울 앞에 선 아가씨의 마음

안개꽃

흔적 없이 사라지기 아쉬워
별빛 같은 하얀 안개꽃 피운 걸까

조용하게 감싸주고 떠받쳐 줘
장미를 더 빛나게 해주는
들러리 같은 안개꽃

앞에 나서지도, 튀지도 않아
어느 꽃과도 잘 어울리는
겸손함이란

오직 남편 위한 내조에 전념하며
자신의 존재감 조용히 누르던
전통사회 아내의 덕성을 떠올려 주는…

안개비

뽀얀 안개처럼 내리는 빗속을
몇 발짝 걸었을 뿐인데
옷이 흠뻑 젖어버리네

어떤 사연 가슴에 맺혀 있기에
무심한 사람의 어깨에 그리
애처롭게 매달리며 스며드는 것인가

내 말 좀 들어달라는
외로운 사람의 눈물처럼

3부
공감이 만드는 관계

손자라는 존재

네가 있어서 마음이 설레고
너의 존재로써
이 세상은 아름답다

흔들리는 낡은 기억 속에 사는 내게
때로는 엉뚱한 말로 웃음 주다가
할머니를 생각하는 애틋한 표현에
울컥 뜨거운 눈물 솟게 하는…

나와 같은 시대
같은 하늘 아래에서 살아주는 너
… 그 고마움에 눈물 그렁해지는 봄날

손녀의 마음

어린 손녀가
붉은 장미꽃을 불쑥 내민다
"내 생일도 아닌데 웬 꽃이야?"
"할머니, 꽃을 드리면
언제나 웃으며 좋아하시잖아요?
병원에 계시는 할아버지 걱정으로
할머니가 요즘 통 웃지 않으셔서…"
할머니의 어두운 얼굴이 걱정스러운
손녀의 마음을 꿈으로 전해왔다

사랑의 불빛

여름밤 하늘을 한 폭의 그림처럼 수놓는
금색 불빛의 점, 점, 점
반딧불이 사랑을 할 때에만
켜지는 금색 불빛이란다

사랑할 때에는 사람의 마음에도
고운 불이 켜지겠지?
피할 수 없는 운명의 순간부터
가슴을 활활 태우며
사랑을 나누는 사람의 눈에만 보이는
그 불빛이

맨드라미

하늘에 붉은 태양이 있다면
땅에는 붉은 맨드라미가 있어
지구가 이토록 끓어오르는
여름을 태우고 있는 것이리라

누군가를 향하여 불타오른
너의 뜨거운 마음
이제 몸까지 정염에 휩싸인 듯
그 열기로 정원이 달아오르는 한낮

꽃을 찾아 나선 나비 한 마리
멀리 돌아 작은 풀꽃에 앉는 걸 보니
수탉 볏처럼 대차 보이는 너에게는
감히 다가갈 용기가 없는가 보다

빗소리 2

장마의 서막을 여는
중저음의 빗소리를 듣고 있으면
싯누런 흙탕물에 슈퍼카가 떠다니던
어느 여름 서울 풍경이 떠오르는 한편에

서러운 어린아이 울음소리가,
반나절 걸리는 먼 곳으로
흙탕물을 길러 다니는 엄마의 한숨 소리가
쉼 없이 내리는 빗소리에서 언뜻 들려온다

지구 반대편 비구름조차 구경하기 힘든,
물이 없는 나라의 목이 타는 외침이
장마를 걱정하는
서울의 빗소리를 타고 들려오다니…

어떤 서글픔

만여 킬로미터를 날아간 대평원에서
야생동물을 바라보며 즐기는
아프리카 사파리

뜨거운 한낮 늙은 수사자 한 마리가
한 줌의 그늘이 아쉬워
아카시아나무 줄기 사이로 자리를 잡는다
사파리 여행객과
눈이 딱! 마주친 순간의 긴장을 이내 풀고
노년의 고독이 흠씬 배어 있는 모습으로
사자는 늘어진 하품을 날려 보낸다
네댓 개밖에 남지 않은 치아를 보이며

백수의 제왕도 결코 이길 수 없는
… 세월의 힘

나무들의 마음

67

나무들의 마음은
참으로 따뜻합니다

해가 지면 써늘해지는
가을밤
감기 들세라
자기 잎을 떨구어
내 차를 수북하게 덮어주니

따뜻한 마음 차마 쓸어버릴 수 없어
발길 돌려서 걸어갑니다

삼합三合

펄펄 끓는 지구를
지그시 바라보다 사라져 가는 석양 아래

서너 개 남은 꽃잎마저 질세라
꼭 붙잡고 안간힘 쓰고 있는 장미꽃

피날레 장면들이 남기는 쓸쓸한 운치를
시 몇 줄에 남기려고 애쓰는 주름진 소녀

상처

거울 같은 호수에 빗방울이 꽂히듯
불처럼 타오르는 그의 눈빛이
화살 되어 그녀 가슴에 꽂힌다

비는 그치고
호수는 다시 잔잔한데

소리 없이 녹아드는 외로움을
바람처럼 수시로 찾아오는 그리움을
제자리로 돌아갈 수 없는 괴로움을
동반한 화살은

다시는 치유할 수 없는 상처를
그녀 가슴에 깊이 새겨놓았다
사랑이라는 이름으로…

가을 잎의 독백

서늘해진 바람이 뒷목을 스치면
사람들은 애틋한 눈빛으로 하늘을 보다가
되돌릴 수 없는 추억의 그림자
내 얼굴 위에 문신처럼 새겨 넣고
소리 없는 울음을 삼키곤 돌아서 버립니다

눈물 그렁한 눈길과
뜨거운 그리움이 담긴 한숨의 무게…

나는 땅으로
              낙
                하
                  할
                    수
                      밖에 없습니다

별 하나 거기

마음을 여기에 내려놓고 가련다
그리워했던 마음
오로지 너만 생각하며 애태우던
사랑의 마음을

다 비워버린 휑한 마음이
바람에 마구 날리며
구름 위로 자꾸 올라간다

혹시라도 새벽잠 깨어서
검푸른 하늘 바라본다면
너와 눈 마주치는 별 하나

지구별의 일은 다 잊은 듯 무심한
그래도 네 눈빛만은
기억하며 빛나고 있는
별 하나 거기

아보카도

거무튀튀한 색깔에 울퉁불퉁한 표면
길가에 구르는 돌멩이처럼 생겼는데

제법 단단하지만 칼로 껍질을 벗겨보면
연녹색 피부가 나타나고
살짝 한 조각 베어내 맛보면
매끈하고 부드러운 살결에
부드럽고 고소한 맛
… 숲속의 버터라 불릴 만하네

단맛이나 향기가 없음에도
석기시대 남아 있는 화석으로
자신의 역사를 증명해 보이는 아보카도

'겉모습만으로 존재를 함부로 판단하지 마라'

가을장마

가을비가 투둑투둑
붉게 익은 사과를 마구 때린다

구월에야 찾아온 지각생이
미안해하는 기미조차 없이
줄기차게 빗줄기에 채찍을 가할 때

발을 구르며 흘러가는 강물 앞에서
검정 우산을 쓴 가을이
청명한 가을 하늘을 그리워하고 있다

친구에게 보내는 편지

바람과 대화를 주고받는
청보리를 쓰다듬으며 거닐 때
그대의 손끝에 어떤 속삭임이 전해지는가

무더위가 녹아드는 한여름
그대는 어떤 그림을 그리기에 밤잠을 잊고
캔버스를 쓰다듬으며 사랑에 빠져 있는가

가랑잎들이 몸을 비비며
푸근한 흙으로 돌아가는 날 그들의
마지막 인사는 무엇이었길래 눈물을 흘리는가

독수리가 원을 그리며 날고 있는
높은 바위산 눈 위에 앉아
그대는 저 멀리 하늘 끝에서 무엇을 찾고 있는가

다시 찾은 너의 집

마음속 깊숙이 걸어두었던
옛 추억 한 토막이
흙 내음 피어오르는 너의 집
담 아래로 나를 이끄네

높이 뜬 별이 빛날수록
너의 눈동자 더욱 그리워
희미해진 우리 우정 살릴 수 있을까
발걸음 재촉하며 다시 찾은 너의 집

텅 빈 마당엔 어두움이 차오르고
무거운 침묵만 맴돌고 있는데
스치는 바람이 전하는 처마 끝 풍경 소리
긴 울림 속에 네 마음이 전해지네

그때 알았더라면

그런 식으로 말하면
그 사람 가슴에서 눈물이 흐른다는 걸
말을 마칠 즈음 퍼뜩 깨닫는다

일 분 먼저 알았더라면
그 사람 눈물짓지 않게 했을 텐데

늘 귓등으로 넘기던 부모님 말씀
아이들 키우며 그 말씀 반복하면서
진중한 사랑을 뒤늦게 깨닫고 가슴을 친다

그때 알았더라면
부모님 말씀에 귀 기울였을 텐데
그리운 마음에 죄스러움까지 얹지 않았을 텐데

공감이 만드는 관계

힘든 일 하소연할 때
끝까지 들어주고 등 토닥여 주며
두 사람 눈시울이 뜨거워지는 순간
공감의 테두리 안에 마음을 내려놓는다

말 못 하고 혼자 삭이는 고민
등나무 그늘처럼 푸근히 감싸안을 때
수줍은 가슴 한구석에
정이라는 싹이 트기 시작한다

마음의 거리를 조금씩 좁혀가며
공감의 시간이 쌓일 때 서서히 올라가는
공감의 온도가 우리를 가족으로 품어준다
혈연이 아니라 마음의 거리로…

닮은꼴

세월의 흔적을 증명하듯이
눈꺼풀이 처지고 내려앉아
작아진 눈으로 깜박깜박
구십 세가 될 때까지 세상을 바라보셨지

오늘 아침
목욕실 거울 속에
할머니의 눈을 닮은 한 여자가
나를 바라보고 있었다

언제 한번

상냥한 웃음을 지으며
"언제 한번 식사에 모시고
좋은 말씀 듣고 싶어요"
헤어질 즈음 가끔 듣는 인사말

우아하게 예를 갖춰서 언제 한번…
애매한 기대감을 심어놓고서
부드러운 인간관계를 위해
그냥 한번 해본 말이었다고

잘못된 만남

나지막한 목소리로 이끌어가는
다정한 말솜씨와
봄볕처럼 따스한 눈길
주고받는 대화가 길어질수록
호기심은 떨리는 감정으로 변해가고 있었다
칼에 베인 것조차 알지 못한 채

그의 뒷모습이 까마득히 멀어져 갈 때
그녀 가슴에서 피가 흘러내리고 있었다

인사

이 세상 빛을 처음 대할 때
아가는 울음소리로
주변 사람들은 웃음으로
첫인사를 교환했는데

이 세상 희로애락을 겪은 그가
고요한 침묵의 인사를 건넬 때
주변 사람들은 마지막 인사로 터뜨리는
울음 속에 그를 떠나보내네

재활병원의 풍경

아장아장 발걸음 떼며
자랑스러운 웃음꽃 피우는 할머니
넘어질까 간병인이 뒤에 바짝 붙는다

허연 머리에 세월이 그려낸 얼굴
엉거주춤 불편한 몸의 노인들이
낯선 기계 위에서 근육을 키우느라 애쓰는
이곳은 재활병원 체육실

하나둘 문을 닫는 산후조리원 대신
슬그머니 늘어나고 있는 재활병원들
활력 넘치던 한국 사회에
낯선 풍경이 자리를 잡아간다

4부
진면목

철없는 벚꽃

봄에 꽃 피우고
단풍의 계절 시월에 다시 피어난
벚꽃에게 철이 없다고
사람들이 야단이다

봄에 사랑을 하고
인생의 가을에 또 사랑하는 사람들을
은근히
부러운 눈길로 바라보더니…

오빠라는 호칭

고개를 갸우뚱하고
나긋한 목소리로 부르는
오빠!

그녀를 향한 눈빛이 순해지면서
그녀 앞의 어떤 어려움도 치워주고
장대비 앞에 우산을 씌워주는
의젓한 남자로 태어났음을 일깨워 주는

중세 유럽 기사 정신이
자신에게도 숨겨져 있었음을 깨닫고
흐뭇한 웃음 혼자 짓게 하는 그 마력

디지털 세상의 어르신

긴 시간 쌓아온 경륜이
권위로 인정받지 못하고
잠을 줄이며 얻은 깨달음은
빛바랜 지식으로 치부되는 세상

새로운 지식과 생활용품들은
디지털 용어와 줄임말로 가득하니
말 한마디 건네기조차 조심스러워

자유롭게 개성을 표출하는
디지털 젊은 세대의 언어와 행동을
부러운 눈으로 바라볼 수밖에 없는
아날로그 시대 어르신

기계와 대화를 할 수 있어야
점심에 햄버거라도 사 먹을 수 있는 세상에
잉여인간 취급 받는 게 너무 서글퍼
오늘도 혼자 라떼를 중얼거리고 있다

세 여인의 대화

미소를 지으며 아무 말 않고
조용히 들어만 주었다
가끔 고개를 끄덕이며
공감을 나타내면서…

앞에 앉은 두 여인의 대화는
쉼 없이 끝없이 이어지고
나는 끼어들 기회조차 찾기 어려워
겸연쩍게 웃기만 했다

두어 시간이 흐른 후
"그렇게 이해를 잘해줘서 고마워"
"이제 다 털어놓으니 속 시원하다"
나는 쑥스러워서 그냥 웃었다

세 여인의 대화는 원만하게 끝이 났다
조용히 듣기만 했을 뿐인데

오동나무

딸을 낳으면
혼례 후 시집으로 딸려 보낼
장롱을 만든다고
마당 한 귀퉁이에 오동을 심는다더니

오래된 오동나무가 울림이 좋아서
가야금 거문고를 만들기 위해
사람들 주변에 심어지던 오동나무가
먼 산등성이 여기저기
보라색 꽃들로 오월을 수놓았네

오로지 나무로서의 수명을 다하고 싶어
인간에게서 멀리 떨어진 호젓한 곳에서
마음 편히 깊은 숨을 쉬어보네
떠나려는 봄의 끝자락을
오동의 향기로 감싸안으면서

바오바브나무

두 팔로 안을 수 없는 육중한 몸통에
까마득히 높은 곳에 피어난 잎들

비 내릴 때 흠뻑 빨아올린 물로
힘겨운 가뭄의 고갈 상태를 스스로
해결하는 바오바브… 생명의 나무
악조건을 이겨내는 생존의 지구력을
누가 따를 수 있을까

신이 잠깐 실수로 나무를
거꾸로 심었다는 재미있는 전설이
오천 년까지 살 수 있게 한 걸까

줄지어 서서 떠오르는 태양을 맞이하는
바오바브의 멋진 연출에 인간이 감탄할 때
생명을 유지하기에 각박한 아프리카에서
묵묵히 장수하는 기특함에 신은 미소 짓겠지

유월

삼월이 부활하는 계절의 문을 열면
사월은 꽃그늘 아래 사람들 불러 모으고
오월은 신록을 입은 청년 모습으로 빛이 난다

유월이 활력 넘치는 숲 사이를 휘저으며
원숙한 여인의 모습으로 다가와 서면

이제 자연은 생의 절정에 오른 듯
칠팔월의 불타는 태양을 맞으려고
당당히 두 팔 벌리고 서는데

벌써 절반이 뜯겨 나간
얄팍해진 달력을 보며
'여생의 몇 분의 일이 또 흘러가 버렸구나'
무거운 한숨을 내려놓는 한 사람이 있다

시간의 마음

멀찌감치 잡아놓은 약속 날은
지루해 기다릴 수 없다는 듯
헐레벌떡 달려오고

책을 읽으며 정신을 집중해야 할 때
시간은 잠을 먼저 찾아가
꿈으로 향하는 지름길로 안내하더니

밤새 아픔에 뒤척이며 잠 못 이룰 때면
아픔을 덜어주지 못해 미안한 듯 서성대며
내 곁을 쉽게 떠나지 못하는구나

시월에는

유리창문 틈새로
한 줄기 은은한 달빛이 스며들면
시간에 업혀 떠나간 추억들
가을바람이 되어
마음의 틈을 헤집고 들어온다

시월에는
온 산을 불 질러 놓는 단풍나무처럼
젊음을 아낌없이 불태웠던
열정으로 발효시킨 향긋한 와인을 마시며
너와 인생의 귀한 순간들 되돌아보고 싶다
한 해 농사를 끝낸 농부의 느긋한 마음으로

억새꽃

땀이 번들거리던
그의 머리 위에서
억새꽃이 휘날린다
가을이다

한강공원을 향하는
그의 발끝 한쪽에는
무더위를 무사히 떠나보낸
안도의 한숨이

또 한쪽에는
억새꽃 풀숲의 바람이 깨운
추억이 앙탈을 부리는
쓰린 가슴 한 조각이 걸려 있다

예쁜 쓰레기

바람이 오며 가며
은행잎을 그네에 태우고 흔들면
청소부 아저씨는
사람 키만큼 긴 빗자루로
부지런히 쓸어 모으고

흩날리는 은행잎 사이로
잠자던 추억이 깨어나는 듯
아저씨의 눈빛이 몽롱해질 때
수북이 쌓인 은행잎들이 속살거리는 소리
'우린 그냥 예쁜 쓰레기일 뿐인데…'

오래된 연인들

서로의 눈동자만 바라보곤 했지
말없이 바라만 보아도
설레는 두 마음은 통하고 있으니

이제 화석이 되어버린 추억은
서랍의 한구석에 간직한 채
시선은 먼 하늘 끝으로 향하고 있지

서로를 향한 그리움을 접고
즐겁게 열정을 쏟는 일들이
가슴에서 키우는 꿈이라는 걸 확인하며
굴곡 없이 무던하게
속마음을 나눌 수 있는 편안함

편하다는 느낌 한편에
슬며시 피어오르는 허전함…
이 쓸쓸함은 무엇이런가

작은 별에게

거울바람이 씨늘한 새벽녘
별들을 바라보다가
앞섶을 열어놓고 기다린다

졸린 눈 비비는 작은 별 하나
따스한 가슴팍에 머리 기대고
잠시 눈 붙였다 돌아가라고

밤잠 설치며 하늘을 빛내는
그 충성스러운 고단함…
고소한 휴식 한 점 뒤에
새벽 출근길의 사람들 앞길 밝혀주라고

진면목

'이게 나의 진면목이야'
먼지도 구름도 한 점 없는 파란색 하늘
오랜만에 참모습을 보여줍니다

청량함을 들이마시는 사람들 마음에
어른거리는 크고 작은 근심들
하루빨리 거둬버리고 그들도
마음의 진면목을 되찾으면 좋겠습니다

진실의 거울

‘아직 이 정도면 괜찮은데…’
아침마다 거울이 해주는 말은
백설공주 계모의 거울처럼
미소를 불러오는 다정스러운 말

거울을 보는 마음은 봄인데
몸은 묵직한 겨울 뒤에 웅크리고 있어
내 존재의 좌표는 어디쯤인지…

날카로운 진실의 고백이 두렵지만
진실의 거울이 하는 말에 귀 기울인다

‘거울은
사물이 비춰지는 대로 보이는 게 아니라
네 마음이 보고 싶은 대로 보이는 거란다’

늦은 깨달음

당연한 듯 다가오는 순간들이
품고 있는 의미를 읽을 수 없어
그저 무심하게 맞이할 뿐

하루가 지는 순간에도
쌓인 상념의 언어를 정리하다가
인간들은 베개에 머리를 뉜다

하얀 연기로 날아오를 때에 비로소 깨달을까

나를 스쳐 간 하찮은 순간들이
섬세한 붓질로
인생이라는 그림 한 점을 완성하는
아름다운 여정이었음을…

하늘과 나무 사이

하늘을 우러러 팔을 높이 올린
헐벗은 나무들이 떨며
벌을 서고 있다

자연이 선물한 나뭇잎들을
바람에게 저항도 못 한 채
몽땅 떨구어버린 면목 없음에…

하늘이 그 애처로운 모습에
너그러운 용서를
늦가을 비에 실어 보낸다

며칠만 참고 기다리면
올겨울에 마련한 하얀 솜이불을
푹신하게 덮어줄 거라고…

인간으로서 감히 상상해 보는
하늘과 나무 사이의 대화

흰개미들의 집

호주 황량한 들판에 우뚝 서 있는
성당처럼 생긴 붉은 흙덩이들…
6mm 크기의 개미들이 제 키의 일천 배가 넘는
6m 높이로 지은 고층 건물은 흰개미들의 집
일억 년의 생존 역사를 가진 개미들이
먼지처럼 작은 흙덩이 수백만 개를
오로지 침샘 타액을 이용해 붙여서 지었다니…
햇볕을 받으려고 방향은 동서쪽으로 향하고
신선한 공기가 들어오는 구멍과
내부 열과 가스를 배출하는 구멍을 분리하니
한여름에도 실내 온도는 쾌적하단다
지하에 식품 창고와 버섯 같은 균류 재배실,
여왕개미의 분만실도 별도로 준비해 놓았다고

사그라다 파밀리아 성당의 건축구조를 설계한
천재 건축가 가우디에게 영감을 준 흰개미집
만물의 영장 인간들이 짓는 이 성당이
곤충 개미의 천재적 건축 지혜와 협동심을
과연 따라잡을 수 있을는지…

효도의 대상

누군가를 머릿속에 그리며
그가 식품을 고른다
그녀가 특별히 좋아하는 것과
그녀에게 필요한 영양분을 가진 식품을

자기 자신을 위해서도
부모님을 위해서도 해본 적 없는
식사 준비에 정성을 기울인다
그녀가 맛있게 먹는 모습을 상상하면서

부모님 모시고 병원에 가본 적 없지만
그녀가 조금 이상하면 병원으로 달려가는,
이처럼 지극정성으로
누굴 받들어 본 적이 있었던가

진심을 담아 모시는 효도의 대상은
그가 키우는 암캐 한 마리

탄식의 다리

두 건물 사이를 이어주는 짧은 대리석 다리는
한 자유인으로서의 삶을
세상과 완전히 단절시키던 운명의 분기점

베네치아 웅장한 두칼레궁에서 재판을 받고
프리지오니 누오베 감옥으로 직행하는 다리 위에서
자유롭게 숨을 쉬는 마지막 발자국을 뗀 이들의
한숨과 눈물의 역사를 새겨 넣은 탄식의 다리

… 다리를 건너지 않고 바라만 볼 수 있음에
… 흘러간 역사에 안녕을 고하고 돌아갈 수 있음에
방문객들이 안도의 숨을 내쉬며 뱃머리를 돌리는 곳

트롤의 혀Trolltunga 끝

한 발짝 앞은 까마득한 절벽
끝없이 펼쳐진 하늘과
첩첩이 손잡은 산맥들은
트롤의 혀끝에 서 있는 이에게
유혹의 눈빛을 보낸다
한 발짝만 더 앞으로, 한 발짝만 더…

생각의 끝이
어둠의 침묵 속에 갇혀버릴까 두려울 때면
생각의 끝은
차라리 트롤의 혀끝을 그리워한다

여전히

나의 하늘은 무너져 내렸는데
아침이면 여전히
해는 떠오르고
밤에는 하늘에 별들이 총총
겨울도 가까워진 듯
그의 콧김이 점점 세진다
가게 앞을 맴도는
비둘기도 먹이를 찾느라 하루가 바쁜데
나는 할 일도, 갈 길도 잃어버린 듯

뜨고 지는 붉은 태양처럼
여전히 때와 장소에 맞춰 돌아가는 세상의 이치
내가 이해할 수 없는 경계선 저 너머에 있다

부부의 수학 공식

—

초판 1쇄 2026년 1월 15일
지은이 장성자
펴낸이 김영재
펴낸곳 책만드는집

—

주소 서울 마포구 양화로3길 99, 4층 (04022)
전화 3142-1585·6
팩스 336-8908
전자우편 chaekjip@naver.com
출판등록 1994년 1월 13일 제10-927호
ⓒ 장성자, 2026

—

—

ISBN 978-89-7944-917-4 (03810)